Carlito en el parque una tarde

Carlito en el parque una tarde

ALEXANDRA DAY

MIRASOL · *libros juveniles*

FARRAR, STRAUS & GIROUX · NEW YORK

Para todos los bebés, caninos y humanos,
en agradecimiento por el gozo que nos dan

Original title: *Carl's Afternoon in the Park*
Copyright © 1991 by Alexandra Day
Spanish translation copyright © 1992
by Farrar, Straus & Giroux
All rights reserved
Library of Congress catalog card number: 91–43926
Published simultaneously in Canada by HarperCollins*CanadaLtd*
Printed and bound in the United States of America
by Berryville Graphics
Title calligraphy by Judythe Sieck
Mirasol edition, 1992

Traducción de Carmen Malvido

El personaje de Carl (Carlito) apareció originalmente en *Good Dog, Carl*,
de Alexandra Day, publicado por Green Tiger Press

Gracias especiales a todas las personas, los perros,
y los cachorros (y los padres y dueños) que modelaron para mí
con tanta paciencia y cooperación

—¡Que sorpresa verte aquí, Sara!
Vamos a tomarnos un té.

—Bien. Carlito puede cuidar
del bebé y del cachorro.

—No pensábamos demorarnos tanto.
Espero que ustedes tres no se
hayan aburrido.